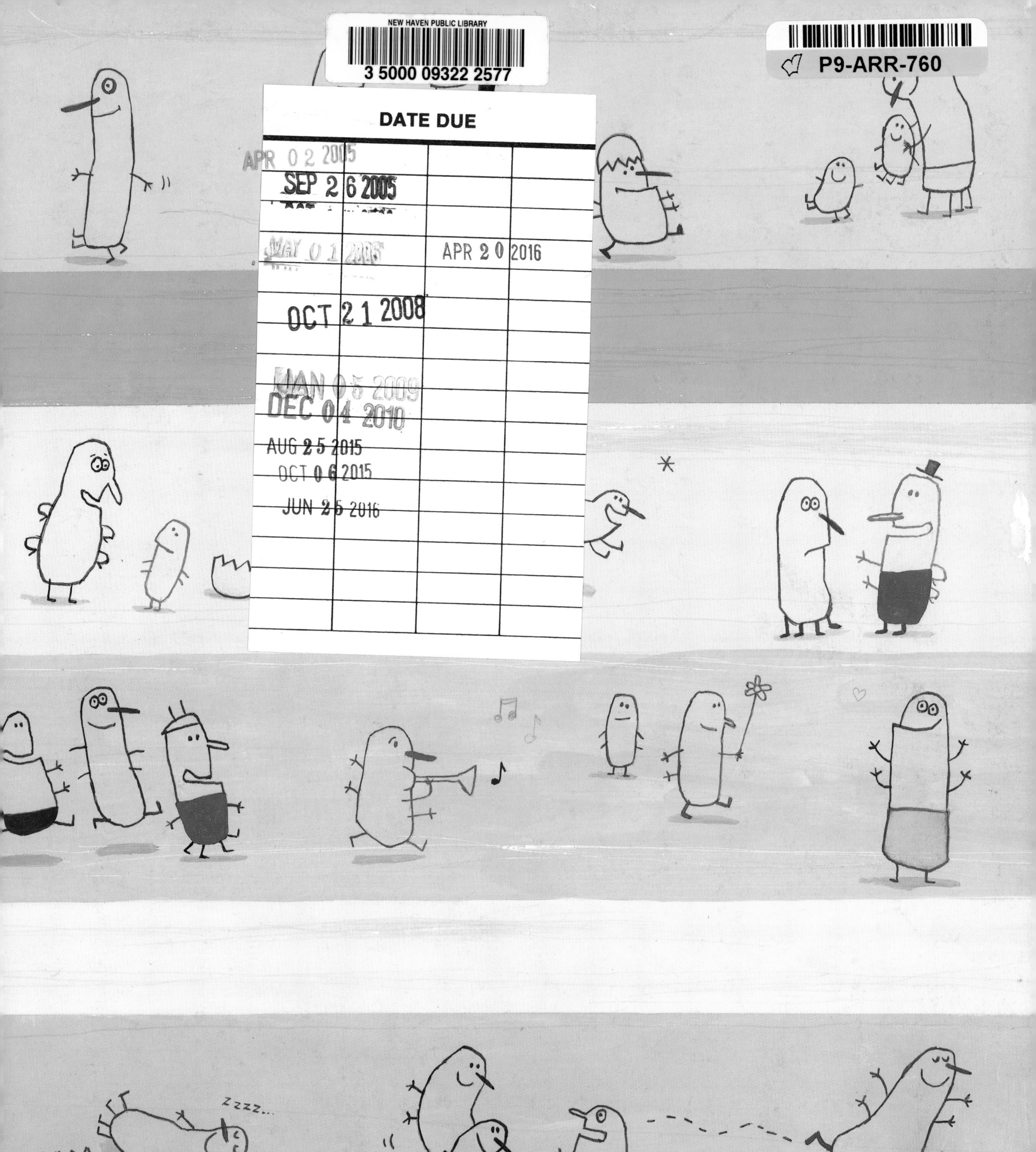

Para Margot,
¡y para todos aquellos
ignorados por los piojos!
MM

Para mi familia,
mis amigos
y para Eunice
DD

Título original: Scritch Scratch
Adaptación: Marta Ansón y Pepe Morán

Primera edición en lengua castellana para todo el mundo:

Muntaner, 391 - 08021 Barcelona

ISBN: 84-8488-038-9

Fotocomposición: Editor Service, S.L., Barcelona

Pica, rasca

escrito por
Miriam Moss

ilustrado por
Delphine Durand

SerreS

Un día,
un diminuto insecto
no mayor que una peca, se coló
en la clase de la señorita Calipso.

Nadie se dio cuenta...

63
351 x
5 x 3 = 15
5 x 2 = 10

MAR
BAR
DAR
PAR
15

Mientras la señorita pasaba lista,
Rita deshacía la trenza de Pili,
Jesús dibujaba en la espalda de Iván
y Perico le cortaba el flequillo a Carlitos.

La piojita no tenía alas,
pero sí seis fuertes patas
para trepar al barco pirata,
que colgaba de la sala.

Desde allí arriba, ¡qué vista tan tentadora para la pequeña insecta! ¡La cascada de rizos de la maestra, mechones pelones, ramilletes de greñas, coronillas peludas, trenzas, colas, coletas... y hasta una peluca rizada en la esqueleta!

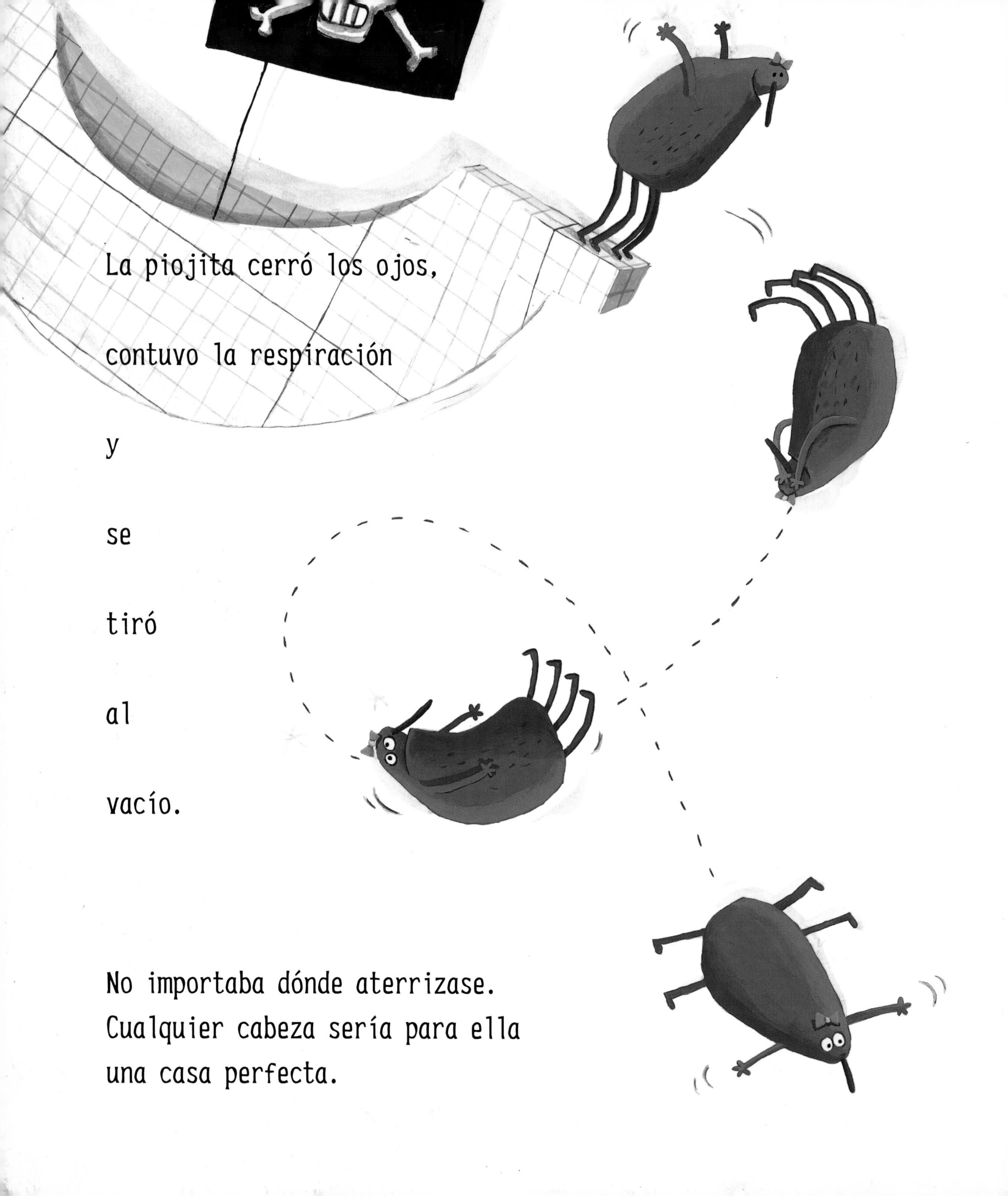

La piojita cerró los ojos,

contuvo la respiración

y

se

tiró

al

vacío.

No importaba dónde aterrizase.
Cualquier cabeza sería para ella
una casa perfecta.

Y la casa perfecta en la que aterrizó fue...
?

¡... la azotea de la señorita Calipso!
La piojita trabajó de lo lindo: puso montones de
huevecillos entre los pelos de la cabeza
de la señorita Calipso...

... mientras cantaba una alegre canción:

Pica, rasca, yo soy la pioja
Pica, rasca, la más picajosa.
Pica, rasca, es casi la hora
Pica, rasca, ¡que nazcan mis hijos!
Pica, rasca, verás a Calipso
Pica, rasca, rascarse los rizos.

Y, sí, muy pronto, sus hijitos piojitos salieron de los huevos
y treparon por la enmarañada pelambrera de la señorita Calipso.

Pica, rasca, se rascó la señorita mientras alababa
el pirata que había dibujado Pili.

Boing Boing, saltó un piojito,
y se deslizó bailando por la trenza de Pili.

Desde

ese

momento,

cada vez

que dos

cabezas

se tocaban,

montones

de piojitos

cambiaban

de casa.

Pica, rasca, se rascó Pili
mientras jugaba con el pelo de Rita.

Boing Boing, saltaron los piojitos.

Pica, rasca, se rascó Jesús
mientras dibujaba en la
espalda de Iván.

Boing Boing, saltaron los piojitos.

Pica, rasca, se rascó Perico
mientras le cortaba el flequillo
a Carlitos.
Boing Boing, saltaron los piojitos.

Y en menos que canta un gallo,
cada piojo había encontrado
un hogar perfecto.

¡En ese preciso momento, el director del colegio, el señor Trucha, entró en clase dando zancadas! «¿Podría hablar con usted, señorita Calipso?», preguntó. Quedaron en verse a la hora de la comida para comentar el problema del picor.

Por la tarde, el señor Trucha mandó una carta a todos los padres.

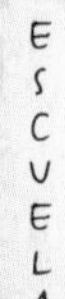

Al día siguiente, los niños volvieron al colegio la mar de limpios y repeinados. No se veía ni medio bicho. Se habían esfumado todos.

Bueno, todos... ¡excepto una!

La piojita seguía en la cabeza de la señorita Calipso. Es que, sabéis, la maestra vivía sola. No tenía a nadie que la ayudara a lavarse ni a peinarse el pelo.

La piojita, que ya era abuela, cantaba:

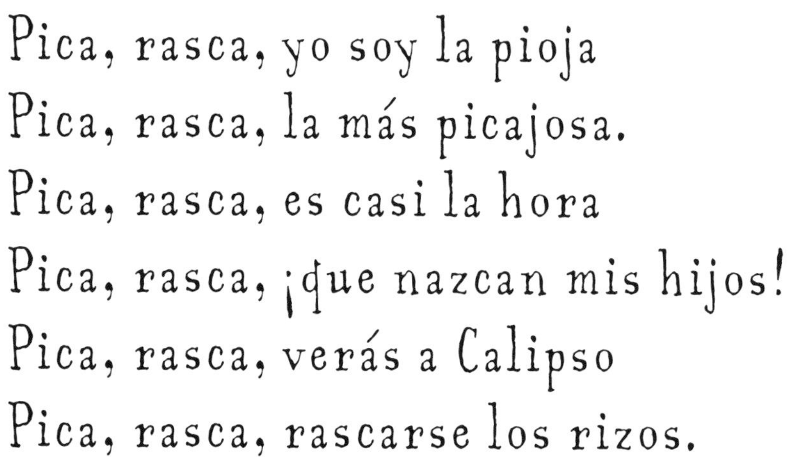

Pica, rasca, yo soy la pioja
Pica, rasca, la más picajosa.
Pica, rasca, es casi la hora
Pica, rasca, ¡que nazcan mis hijos!
Pica, rasca, verás a Calipso
Pica, rasca, rascarse los rizos.

Pica, rasca, se rascó la señorita Calipso.

Boing Boing, saltaron los nuevos piojitos.

¡Y en un pispás estaba toda la clase,
Pica, rasca, rascándose otra vez!

Y otra vez hablaron el señor Trucha y la señorita Calipso. Mientras merendaban, el director se ofreció para lavarle el pelo a la maestra.

Aquella noche, mientras el señor Trucha arreglaba el pelo de la señorita Calipso, ambos se enamoraron.
Él se enamoró de su maravillosa melena,
y ella de su bigote.

Claro, el señor Trucha y la señorita Calipso
se casaron. Y si os asomáis a la clase de la ahora
señora Trucha, ¿qué es lo que veis?

Como siempre, la señora Trucha pasa lista.

Como siempre, Rita le deshace la trenza a Pili.

Como siempre, Jesús dibuja en la espalda de Iván.

Y, como siempre, Perico le corta el flequillo
a Carlitos.

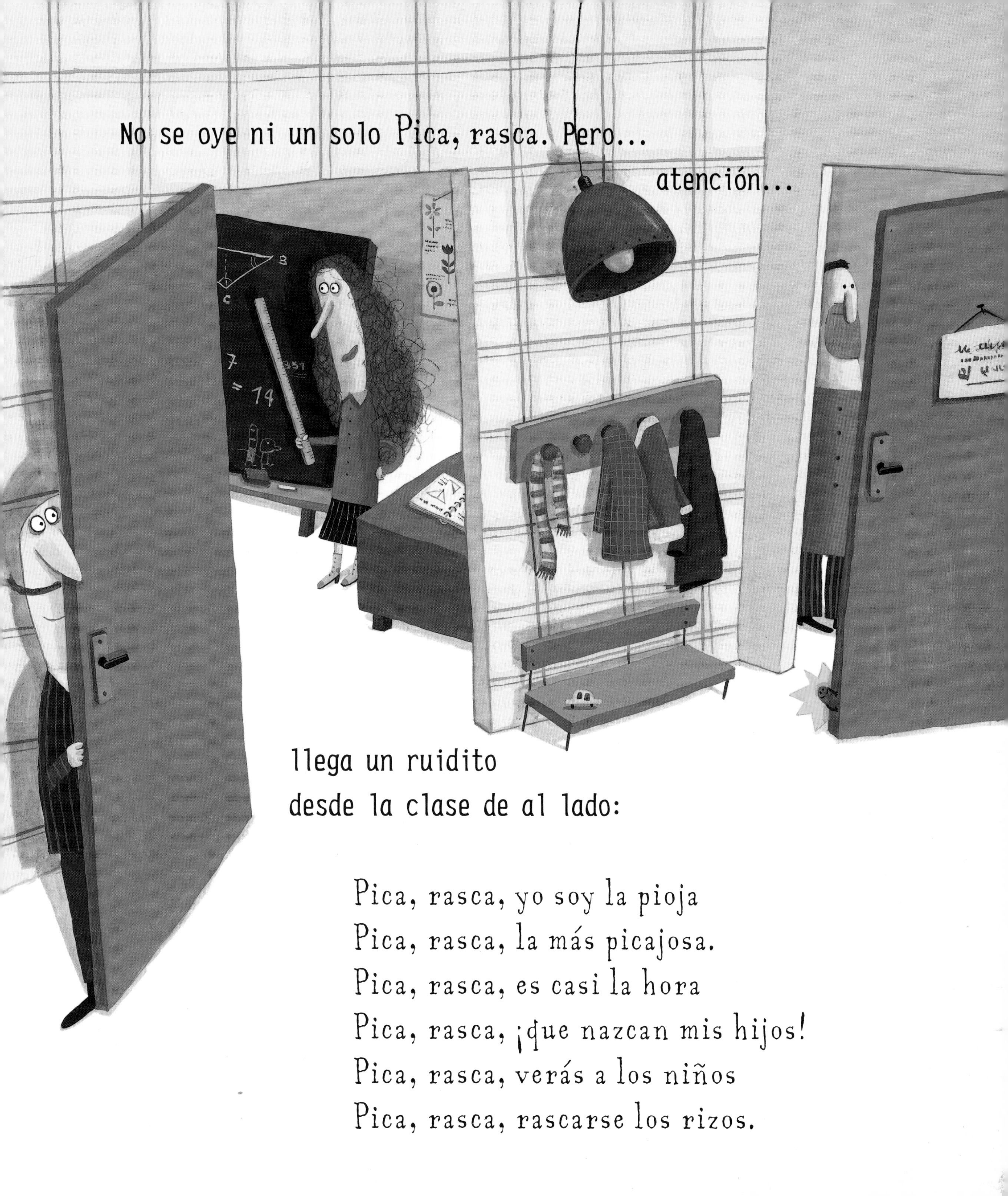

No se oye ni un solo Pica, rasca. Pero...

atención...

llega un ruidito
desde la clase de al lado:

Pica, rasca, yo soy la pioja
Pica, rasca, la más picajosa.
Pica, rasca, es casi la hora
Pica, rasca, ¡que nazcan mis hijos!
Pica, rasca, verás a los niños
Pica, rasca, rascarse los rizos.

NOV 2003
?